Wilhelm Busch

Der Geburtstag oder Die Partikularisten

Wilhelm Busch

Der Geburtstag oder Die Partikularisten

ISBN/EAN: 9783744682510

Hergestellt in Europa, USA, Kanada, Australien, Japan

Cover: Foto ©Andreas Hilbeck / pixelio.de

Weitere Bücher finden Sie auf **www.hansebooks.com**

Der

oder

Die Partikularisten.

von

Wilhelm Busch.

Verlag von Fr. Bassermann in München.

Preis 2 Mark.

Der

oder

Die Partikularisten.

von

Wilhelm Busch.

Elfte Auflage.
27tes Tausend.

Verlag von Fr. Bassermann.

1892.

Im weißen Pferd.

Wer Bildung und Moral besitzt,
Der wird bemerken, daß anitzt
Fast nirgends mehr zu finden sei
Die sogenannte Lieb und Treu. —
  Man sieht zuerst mit Angstgefühlen
  Herunterfallen von den Stühlen
  Die angestammten Landesväter —
  Sodann, als kühler Hochverräther,
  Zieht man die Tobaksdos hervor,
  Blickt sanft und seelenvoll empor,
  Streckt sich auf weichem Kanapee,
  Schlürft mit Behagen den Kaffee —
  Und ist man so auf's Neu erfrischt,
  Dann denkt man: Na, die hat's erwischt!
So denkt der böse Mensch. — Jedoch
Es gibt auch gute Menschen noch. —

Zu Milbenau im weißen Pferd
Bei Mutter Köhm, die jeder ehrt,

Da sitzen, eng vereint und bieder,
Auch diesen Sonntagabend wieder
Nach altem Brauch im Freundschaftskreise
Die Männer und die Mümmelgreise.
„Et blirt nich so! — Et blirt nich so!!"
So murmelt Jeder hoffnungsfroh. —

„„„Et ſchall nich bliben ans et is!
„„„Et ſchall weer weren anſe ſüß!!

„„„Un dat ſeg eck! Un dat ſeg eck!“““
So ſpricht entſchieden Schneider Böck. —
Hierauf ſpricht lächelnd Kriſchan Stinkel
Und zwinkert mit dem Augenwinkel:

„Eck ſegge man, vor min plaſir,
„Gottlof! Wat is de Botter dür!!“

3

Dagegen ruft der lange Korte
Mit Zorneseifer diese Worte:

„Kreuzhimmeltausenddonnerwär,
„Uns' olle König mot weer her!!"

Jetzt sieht sich Bürgermeister Mumm
Bedenklich nach der Seite um.

„Pißt!! — ruft er — Ruhig liebe Leut!
„Seid unterthan der Obrigkeit!!‟
‚‚‚Ja, aber man bis insoweit!
‚‚‚Seggt unse olle Herr Pastor.‟‟
„Dat hat he seggt!!!‟ — so tönt's im Chor. —
Hierauf, so wird es etwas stille,
Und grad kommt Herr Aptheker Pille.

„Ihr Leute, daß ich's bloß man sage!
„Denn morgen ist der Tag der Tage,
„Da er geboren, der — — ihr wißt! — —‟

„„Ja ja, so i'st! Ja ja, so is't!!"""
„Nun ist Euch allen wohlbekannt
„Der Busenfreund, den ich erfand,

„Der segensreiche Labetrank,
„Der, sei man munter oder krank,
„Erwärmend dringt bei Hoch und Nieder
„Durch Kopf, Herz, Magen und die Glieder — —
„Wie wär es, hochverehrte Freunde,
„Wenn man im Namen der Gemeinde
„Ein Dutzend Flaschen oder so — —"
„„Ja ja, man to! Ja, ja, man to!!"""
So tönt es laut im treuen Kreise
Der Männer und der Mümmelgreise.
Und Jeder ruft: „„He, Mutter Böhmen!
„„Up düt will wi noch Einen nöhmen!!"""

Gefagt, gethan. — Für Mutter Röhm
Ift dies natürlich angenehm.

Nächtliche Politik.

In seinem Bett um Mitternacht,
Voll Sorgen, die er sich gemacht,
Liegt hier des Dorfes Bürgermeister.

Die aufgestörten Lebensgeister
Befassen sich beim Kerzenlichte
Noch immer mit der Weltgeschichte,

8

Wie sie getreu vermeldet hat
Das angestammte Wochenblatt;
Daß nämlich, wie die Sachen liegen,

Die Preußen nächstens Schläge kriegen. —

Nur einer macht ihm stilles Graun —

Der Bismarck, dem ist nicht zu traun!

So liegt er da und ballt die Rechte
Und thäte gerne, was er möchte;

Bis ihn in Schlummer wiegt um Eins
Der Genius des Brannteweins. —

Na, na! Das gibt noch ein Malör! —
Die Zippelkappe neigt sich sehr. —

Es kommen in Berührung fast

Die Flamme und der Mützenquast. —

Schon brennt der Zipfel wie ein Licht.
Die Obrigkeit bemerkt es nicht. —

Bald aber dringt die Gluth und Hitze

Zum schlummernden Gedankensitze. —
Potzsapperment: hier heißt es schnelle!

12

Die Kopfbedeckung leuchtet helle.

Kreutzdunnerschlag! Ich dacht es ja!

's ist wieder mal kein Wasser da!!

In Aengsten findet manches statt,
Was sonst nicht stattgefunden hat.

Da liegt die Mütze sehr versehrt.
Das Haar ist meistens weggezehrt. —
Doch kann ein Sacktuch auch zu Zeiten
In kühler Nacht das Haupt bekleiden;

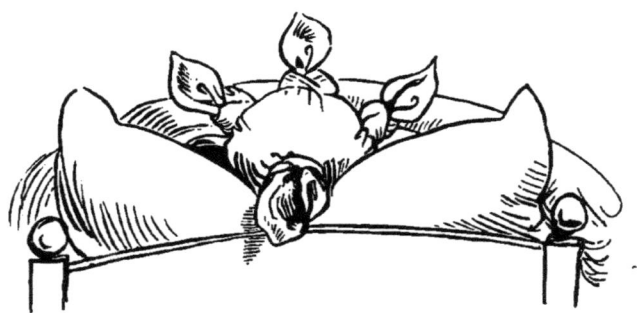

Nur hat sodann die Zippelmütze
Vier Spitzen statt der einen Spitze.

Der Busenfreund.

Es war ein schönes Morgenroth.
Die Hähne krähn, es dampft der Schlot.
Schon hörte man, wie Müseling,
Der Kuhhirt, an zu tuten fing.
Und Jeder holet aus dem Stalle
Bei lustigem Trompetenschalle
Die krummgehörnten Butterthiere,
Daß Müseling sie weiter führe.

15

Wer auch schon munter, das ist Pille.
Er bürstet seine Sonntagshülle.

Und rüstet sich bei Zeiten schon
Zu seiner hohen Staatsmission.

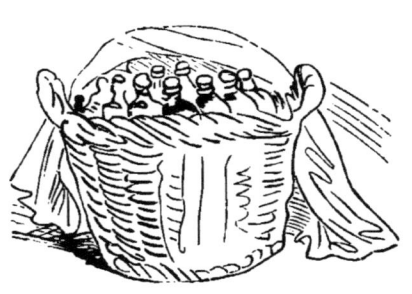

Allhier im Korbe, eng vereint,
Sind zwanzig Flaschen Busenfreund.

Und hier der Nachbar Fritze Joſt
Befördert ſie zur nächſten poſt.

„Nur ja recht ſachte und gemach!"
Ruft pille — „Gleich, gleich komm ich nach!"

Schon hinter Meier's alter planke
Kommt Fritze Joſten ein Gedanke.

Verlockend ist der äußre Schein.

Der Weise dringet tiefer ein.

Hier trägt er neugestärkt und heiter

Die süße Bürde emsig weiter.

Doch allbereits an Müller's Hecke

Verweilt er zu demselben Zwecke.

Bald treibt ein süßes Hochgefühl

Ihn weiter fort zu seinem Ziel.

Nur an der ernsten Kirchhofsmauer
Nimmt er es noch einmal genauer.

Zum Schlusse sieht er sich genöthigt,
Hinweg zu schaffen, was erledigt. —

Nun aber zeigt er sich alsbald
Als eine schwankende Gestalt,

Die an der Mauer festbegründet

Bis jetzt noch eine Stütze findet.

Indessen bald so fehlt die Stütze —
Der Busenfreund rinnt in die Pfütze. —

Mit viel Geschrei in einer Reih
Kommt eine Gänseschaar herbei.

Als nun die Schnabelei begann,

Schaut eine Gans die andre an.

Sie tauchen froh nach kurzer Zeit

Sich tiefer in die Süßigkeit,

Derweil die Frösche schnell und grün
Aus tiefem Grund an's Ufer fliehn. —

Grad kommen, denn es ist halb neune,
Der Schweinehirt und seine Schweine.

Nun wird es luſtig allerſeits.

Die Gänſe wackeln ſchon bereits.

Dem Hirt ſein Bock fängt an zu ſpringen,
Die Schweine wälzen ſich und ſingen.

Viel Kurzweil treibt man anderweitig
Sowohl allein wie gegenseitig.

Jetzt eilt die Bauernschaft herbei
Und wundert sich, was dieses sei.

Bald ist auch Pille reisefertig
Bei diesem Schauspiel gegenwärtig.

Zuerst erfaßt zu aller Schreck
Der Ziegenbock den Meister Böck.

Auf seinem zackigen Gehörne
Trägt er denselben in die Ferne.

Der Bürgermeister, ängstlich blau,
Bewegt sich fort auf Känter's Sau.

Jetzt kommen, pille in der Mitten,
Zwei alte Weiber angeritten.

Herr Pille aber wird zuletzt
Vor einer Stallthür abgesetzt.

Hierbei verlieret seinen Glanz
Der schöne Sonntagsschwalbenschwanz. —

Als man hierauf verwunderſam
In einem Kreis zuſammenkam,
Da hieß es: „Kommt na Mutter Köhmen,
„Up düt da will wie Einen nöhmen!!“

Geſagt, gethan! — Für Mutter Köhm
Iſt dies natürlich angenehm.

———

Die Eier.

Das weiß ein Jeder, wer's auch sei,
Gesund und stärkend ist das Ei. —
Nicht nur in allerlei Gebäck,
Wo es bescheiden im Versteck;
Nicht nur in Saucen ist's beliebt,
Weil es denselben Rundung giebt.
Nicht eben dieserhalben nur —
Nein, auch in leiblicher Statur,
Gerechtermaßen abgesotten,
Zu Pellkartoffeln, Butterbrotten,
Erregt dasselbe fast bei Allen
Ein ungetheiltes Wohlgefallen;
Und jeder rückt den Stuhl herbei
Und spricht: Ich bitte um ein Ei! —
Daß dieses wahr, das fühlte klar
Sogar die treue Bauernschaar. —

Der Plan mit pillen's Busenfreund,
So wohlbedacht, so gut gemeint —
Man kann wohl sagen — ist mißrathen
Doch Treue sinnt auf neue Thaten. —
Denn daß zu diesem hohen Tage
Etwas geschieht, ist keine Frage. —
Der sanfte Johann Heinrich Dreier
Der sprach: „Wo dünket jück de Eier?"
„„Kein besser Ding vor diesen Zweck!"""
Rief Schneider Böck, — „„Un dat seg eck!"""
„Ick ok!" — schreit Korte — „Dunnerschlag!
„Keen Minsche, de nich Eier mag!"
Und alle riefen laut und froh:
„„Ja ja, man to! Ja ja, man to!"""

Bald ist im Dorfe weit und breit
Mann, Weib und Kind in Thätigkeit,
Um zu den obgedachten Zwecken
In Scheunen, Ställen und Verstecken,

In unwirthsamen dunklen Ecken
Des Huhnes Eier zu entdecken. —

Die Hühner machen groß Geschrei;
Denn auch das Huhn verehrt das Ei,
Was es im Stillen treu gelegt
Und gerne weiter hegt und pflegt,
Bis nach den vorgeschriebnen Wochen
Ein pieperich hervorgekrochen. —
Jedoch nicht Jedes ist so gut. —
Es giebt auch welche, die die Brut
Treulos verlassen — und so eins
Ist leider Krischan Stinkel seins. —

„Du wutt nich sitten, Lork?" denkt Stinkel
Und zwinkert mit dem Augenwinkel —
„Na, denn loop hen! Na, denn man to!
„Ok recht! Ick weit wol, wat ick do!!"

Nachdem er so in seine Mütze
Die Eier, daß er sie benütze,

Mit etwas Häckerling vermengt,
Behutsam leise eingezwängt,
Trägt er dieselben zu dem Orte,
Wo dieses Mal der lange Korte,
Der ehedem und hierzuvor
Gestanden bei dem Gardecorps,
Die Gaben gern entgegennimmt.
Ja, dieser Korte ist bestimmt,
Als Ehrengreis und Biedermann,
Der so Etwas am Besten kann,
Begleitet von zwei Ehrendamen,
Natürlich in Gemeinde Namen,
Das Festgeschenk noch diesen Morgen
An hoher Stelle zu besorgen.

Und Korten's Ochse steht davor.
Daneben stehet Korten's Sohn. —
Zwei Stunden ist's zur Bahnstation. —

Mit Vorsicht wird zuerst placirt
Der Eierkorb, wie sich's gebührt.

Sogleich nach diesem, wie sich's schickt,

Die Ehrenjungfern, reich geschmückt.

38

Mit Ruh und Würde und zuletzt
Hat Korte sich hineingesetzt.

„Nu, Kunrad, jüh! Wie wünschet Glücke!!" —
Nicht weit davon ist eine Brücke.

Es rutſcht das Rad. — Herrjeh! Schrumbum!
Da fällt die alte Kutſche um. —

Beſtürzt iſt jedes Angeſicht.

Wie's drinnen iſt, das weiß man nicht.

Nun hebt nach oben, ohne Worte,
Sich Korre aus der Kutschenpforte.

Nun kommt ein Ehrenjungfernbild,
In Eigelb merklich eingehüllt.

O weh! Es fehlt noch immer eine! —

Gottlob! Hier sieht man ihre Beine! —

Die Jungfern und der Ehrengreis
Sind alle drei ganz gelb und weiß.

Man ist bemüht, fie abzuwifchen. —
„Puh! — hieß es — Hier find fule twifchen!!“

Hier fchlich bei Seite Krifchan Stinkel
Und zwinkert mit dem Augenwinkel,

Und fpricht zu feiner Frau Chriftine:
„De fulen, Stine, dat find mine!!“ —

Als man darauf verwundersam
In einem Kreis zusammenkam,
Da hieß es: „Kommt na Mutter Köhmen!
Up dür, da möt wie Einen nöhmen!!"

Gesagt, gethan. — Für Mutter Köhm
Ist dies natürlich angenehm. —

Die Butterhenne.

Das wäre also auch mißrathen.
Doch ist's noch Zeit zu neuen Thaten. —

Hierauf bezüglich, mit Gefühl,
Sprach Herr Adjunktus Klingebühl:

„Geliebte! So wie ich erachte,
„Indem ich diesen Fall betrachte,
„Bedenke, prüfe, überlege
„Und mit Bedachtsamkeit erwäge —
„So ist gewiß für treue Liebe
„Und sonsten eingepflanzte Triebe
„Das schönste Beispiel, so ich kenne,
„Das Mutterhuhn, genannt die Henne. —
„Ich weiß nicht, ob Ihr dieses wißt — —"
„„„Ja, ja — rief jeder — ja, so is't!!"""
„— — — — Nun wohl!
„So lasse man, als ein Symbol,
„Durch unsern Bäcker und Konditer —
„Ich meine hier Herrn Knickebieter —
„Aus Butter und dergleichen Sachen
„Ein Ebenbild der Henne machen." —
„„„Ja, ja! — rief Jeder laut und froh —
„„„Ja, ja! man to! Ja, ja! man to!!"""

Bald ist im Dorfe weit und breit
Manch treues Weib in Thätigkeit,

Die Butter durch ein raſtlos Wälzen

Und Kneten innig zu verſchmelzen.
Und alle dieſe ſchöne Butter
Legt freudig Tochter oder Mutter

Als eine tiefempfundne Spende
In Knickebieter's Künſtlerhände.

Mit Freuden thut er sie begucken
Und denkt: „Das ist ein schöner Hucken!"

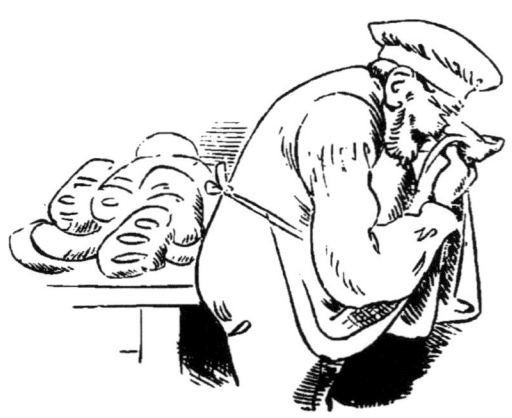

Sogleich, nachdem er sich geschneuzt,

Wird er zum Schaffen angereizt.

„Sieh, sieh! Da ist ja Eine bei,
„Die innen voll Kartoffelbrei.
„Oh! — sprach er — Oh du alter Schlinkel!
„Die ist gewiß von Krischan Stinkel!!“

Zuerst mit großem Vorbedacht
Wird Kopf und Leib und Schwanz gemacht.

Die Augen macht man mit dem Daumen
Vermittelst zwo gedörrter Pflaumen.

Als Schnabel wird die rothe Rüben
Zweckmäßig in den Kopf getrieben.

Nun wirft man mit geheimer Wonne
Den Ueberrest in seine Tonne.

Nicht übel! Nur erscheint mir bloß
Das ganze Bildniß etwas groß.

Noch mal gemacht! — Und zwei Rosinen
Die können auch als Augen dienen.
Und, da das Ganze ein Symbol,
So kann's nicht schaden, wenn es hohl.

Und wieder mit geheimer Wonne
Wirft er, was übrig, in die Tonne.

Er steht und sieht sein Werk von ferne
Und spricht: „Na so hab ich dich gerne!“

Er schafft die Tonne fort verstohlen.
Man kommt, die Glucke abzuholen.

„Willkommen! Eure Meinung bitt ich!"

„„„Gott ja! Man bloß'n beten lüttich!"""

Der Wagen steht und wartet schon. —
Der Bürgermeister in Person
Wird dieses Mal und zwar allein
Der Fest= und Ehrenbote sein.

Bei jedem ift die Freude groß,
Denn gleich geht die Geſchichte los.
Und jeder ruft: „Wie wünſchet Glücke!" --

Den Gaul umſchwirrt die Stachelmücke.

„Oha! schrie Alles voller Noth —
„Herrgott! he fit de Glucken dot!"

Er sitzt am Boden sehr erschreckt.
Das Festgeschenk ist fast verdeckt.

Du liebe Zeit! Welch' ein Malör!
Man kennt das schöne Bild nicht mehr

Finale.

Die Zeit ist um, der Tag vergeht.
Für dieses Jahr ist es zu spät.
Und stumm und in sich selbst gekehrt

Begibt man sich ins weiße Pferd. —
„Ja ja! De Botter de is dür!"
Sprach Krischan Stinkel, als man hier. —
„„Nu is't to late!"" — meinte Böck —
„„Ich schäme mir vor diesen Zweck!""
„Dat hat Aptheker Pille schuld!"
Schrie Korte voller Ungeduld.
„„Da muß ich bitten! Liebster Bester!""
„Ne — Korte!" — „„ne — De Burgemester!""

So schrie man laut und fürchterlich.

Der Tisch fällt um. Man prügelt sich. —

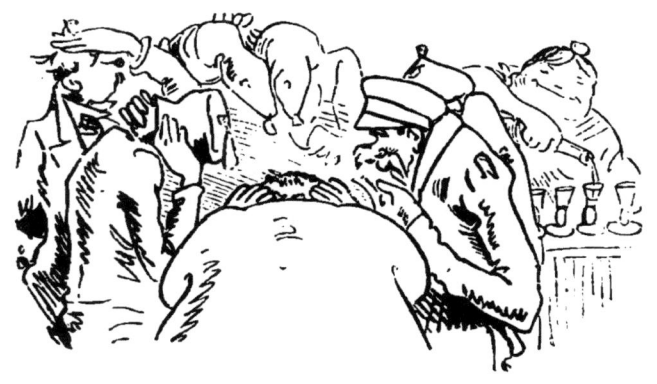

Als man hierauf verwunderſam
In einem Kreis zuſammenkam,
Da hieß es: „Heda Mutter Böhmen!
„Up dür da will wi Einen nöhmen!!

Geſagt, gethan. —

Für Mutter Köhm
war alles dieses angenehm.